文芸社セレクション

十年十色

―ほぼ20年の区切りの中での出会い

杉原 淳

SUGIHARA Sunao

文芸社

目次

十年十色

―ほぼ20年の区切りの中での出会い

第一幕　学校人

小学校から大学院修了までの人生―22年間

爆撃機が上空を飛んでいると、「早くカーテンを閉めて」と父の声。まだ自分は3歳過ぎ位でしたか。窓の黒いカーテンを閉めて、部屋の明かりが漏れないようにしたのです。この様子は幼いながら、強く覚えています。当時は母の舞鶴の実家の敷地にあった一軒家に住んでいて、爆撃機が飛んでくると、父の背中に負われて庭の蔵へ逃げることも、もう一つの強い思い出です。私は、ちょうど太平洋戦争が始まった年の12月末に生まれたので戦況は怪しくなってきていた頃だと思います。人生の舞台で言いますと、令和の今は、第四幕を生きているのですが、やはり、第一幕は日本が戦争に負けたというところから始まるのです。第一の舞台では先に書きましたように、幸いにも、母の実家のお陰で、食糧には困らなかったのです。麦の入ったご飯が常食で、麦が入っていないものは〝白ごはん〟と称して何かお祝いの席でしか食べなかった記憶があります。小学校の給食というのが、3年生の頃から始まり、パンやミルクが出てきたのが鮮明に印象に残っています。アメリカからの食文化の走りです。しかし、子供心での戦後の苦しいといった思い出は、幸運にもなかったのです。野を走りまわり、小川へ入っては魚やカニなどを捕まえたことを日課のように思い出します。その時、嫌だったことは、蛭《ヒル》というミミズに似た形態の吸血動物が脚に吸いつき、なかなか離れず、大変でした。単純ですが、木登りをして、枝が折れて地面に落ちることなども、自然の中での貴重な体験だったのです。さらには、野に生えている花や植物でも食べられるものが多くあり、季節ごとに、土筆《ツクシ》、セリ、ヨモギ、ドクダミ、イタドリなどを採りに出かけた思い出も懐かしいです。もちろん、そうした良いことばかりではなく、蚊や蜂、ハエなども多く、今にして思えば、いわば人間と共存していたわけです。飲み水は、井戸や地下から手動ポンプでくみ上げていたので、便利さから言うと、今の世とは格段に違っていました。

歩いて数分の処に小さいけれど、きれいな泉があり、川もきれいな水が流れ、手ですくって飲んでいました。幼いながら、小さい蛇のしっぽをつかみ、空中で回して放り投げる、またカエルのお尻から空気を入れてちょっと膨らむのを楽しむといったいたずらもしていたことが思い出されます。いろいろな意味で「自然」と我々は共存していたのだと、今更ながら、こうした日常の中で、命の大切さということも自然と身についたのだと思います。特に、大都市に住んでいる、今の子供たちは、ある意味では不幸かもしれません。雪も季節になると、２メートルは積もり、〝カマクラ〟を作り、雪合戦も楽しい思い出です。舞鶴の従兄弟に聞くと、今では雪もほとんど降らないとのこと、「温暖化」の今となっては私の年代の如実な体験です。

小学校のこれらの体験の後は、今度は父の里である京都の東福寺の近くの実家に仮り住まいしたあと、清水寺の近くへ移りました。当時の京都は道路の真ん中に線路が敷かれ、市内電車、いわゆるチンチン電車が走っていました。運転手の上に鈴のようなものが釣り下がっていて、それからぶら下がっている紐を運転手がひっぱると、チンチンと音を立て、電車が走りだしたのです。車の数も今に比べると圧倒的に少なかったのは明らかです。中学校や高校へ通うのもチンチン電車を利用していました。

大学へ入る時が、第一幕の中間点となります。すなわち小学校へ入り、そこから大学院を終えるまでを、「学校人」と呼んで、第一幕と考えました。色々と整理していて出てきたものです。中学２年生（１９５０年代の中頃）の時に、少年雑誌で入選した〝詩〟が残っていました。「炭火」という題です。

『かっかと燃える炭火　その中にタドンがたった一つ

暖かそうな　ふくらんだ　毛布のような　灰をちょっと見せ
その灰をザラザラと落としてやった　その時
運動した後のように　真っ赤な　頬をひょっこりと
だが、湯気も出さない　一滴の汗も』

最後の一行のところにこんな評が、書き添えてありました。〝おもしろい言葉です。擬人化されたよさが、出ている〟。

　当時は火鉢で暖をとっていたのです。その火鉢の周りに集まって歓談していた記憶があります。ところがこの当時、驚いたことに「原子力発電所」で火災が発生していたのです。高校生になる少し前でしょう。１９５７年10月10日に英国で起きたのです。世界で一番早く、１９５０年に稼働していたというから、やはり産業革命が起こった国だなと、別の感心もしたものです。もちろん、当時は全然知らなかったし、次の第二幕で記述しますが、アメリカに滞在していた時、原子力発電所の歴史を調べていて知ったのです。因みにアメリカの最初の原発は、マンハッタンの北方、約60kmのハドソン川の近くで稼働したのが１９６２年ですから、英国より5年ほど後になります。

　第一幕もだいぶ進んで、青春の一時期に恋物語的なエピソードがあります。舞台は秋になりかけた京都・嵯峨野にある「滝口寺」です。高校の時の友達（K君）が東北へ転勤していて、K君の彼女とその友達の二人が二日間の京都を楽しみたいと言っているので、杉原君、案内してやってくれということで、引き受けたのです。

感じの良い女性。デートということを、今まで経験したことが無かっただけに、女性二人を案内するというのにはビックリしました。当時、東山に住んでいましたので、西の方から始めたことを覚えています。滝口寺の歴史をまず、調べました。

平重盛の部下で滝口武者の斎藤時頼の恋物語はよく知られている話です。時は平安の末期、滝口入道が寺で修行中に、横笛の音が聞こえてくる。それは一人の若い女性が吹いていたのです。入道は修行中の身、女性に惑わされず、修行に勤しんだという言い伝えです。その時、私は大学院の学生で、論文のことも毎日気になっていた頃でした。いわば、修行僧のような気持ち。しかし、いま二人の女性と都の秋を楽しんでいる。そして京都の西で、竹林を散策しているときは、まるでかぐや姫にでも会っているかのような気になっていたのです。滝口入道だったら、どうしただろうか。自宅に戻って書いた日記に、こんな俳句を作っていました。「野々宮に　かぐや姫を見たり　秋の夕べ」

そして、二日目は大原の三千院から円通寺へと、精力的に案内しました。三千院での俳句。

「紅葉葉に　女性も和む　三千院」

北から市電に乗って、四条河原町まで下がって、先斗町を歩いていると、一人の舞妓さんにぱったり。ちょうどタイミングがよかった。彼女たちも振り向きながら眺めていました。夢のような時間を過ごした私は京都駅のプラット・ホームで、二人の女性と別れ、現実へ引き戻されました。

ちょうど大学を卒業する頃から日記をつける習慣ができていたらしく、今日まで、46冊の大学ノートが溜まっています。こうした青春の舞台のひと時を垣間見ることもでき、懐かしい思いに浸ることができるのです。一つ一つの出来事が自分にとっての唯一の時空になるのです。もっとも真面目に、毎日必ずつけていた訳ではなく、歯抜けになっていることもありました。半世紀以上の昔でも、自分にとって大きな出来事は忘れられないのです。

その第一幕で人生の道が変化する舞台に立つ時があったのです。私は化学が好きだったせいか、教養課程の化学の先生の部屋へ、時々訪問していました。そんなことができたのも、時代が悠長であったのか、自分が厚かましかったのか、とにかく、少し後で、この化学の先生の言葉が、次の幕へつながるのです。それは後ほど書きます。

この第一幕での体験というのは、後の舞台に明らかにプラスになっていることを改めて認識しました。まず興奮したのは、学会で発表するという機会を与えられたことです。また、この第一幕で忘れられないことが日本の社会での出来事でした。それは、１９６４年。日本の高度成長期の時で、「東海道新幹線」が初めて、東京から大阪間に開通したことです。その翌年、京都駅のプラット・ホームに立って、それに乗って東京へ行くのだと、どきどきしながら待っていたのを、昨日のように覚えています。初めて東京でオリンピックが開催される頃で、それに合わせて、新幹線が開通したのだと思います。当時、東京はまだ、遠い処という感覚でした。学会発表も無事終わり、５年間の大学院生時代は、ある意味のんびりと、静かな学園生活を楽しんだのです。しかしながら、１９６９年、大学院最後の年に全国的に大きな学生運動が起きました。後に少しこの問題にも触れたいと思います。

その大学生活での、少し内面的な自分にも日記から拾ってみます。

こんな一面もあったのかと自分ながらちょっと、びっくりしたものがあります。19歳の時の4月15日の日記です。「盈科而後進」という漢詩の一部です。当時、読み方と意味を付記していたので、今、読んでも判りました。つまり、「アナニ　ミチテ

ノチ　ススム」、こんな風な解釈が付記されていました。「人の学問する場合は余り速成を欲せず、漸次進むべきである。水はまず、凹んだ処に一杯に満ちて、その先へ進みゆくものだ」。今も全くその通りだと思います。また、20歳の12月23日の下校の夜道で、ふと頭に浮かんだ言葉は「真理」と綴っています。続いて、「現象を把握するだけでは創造はおそらく誕生しないであろう」と書いていました。この時期、東洋哲学なども〝教養課程〟の授業であったので、自分には何か興味があったように思います。今でも哲学が好きなのは、その頃からの何かがあるのかも知れません。今も印象に残っている本は、湯川博士が書かれた東洋哲学関係の本、同じように物理学者、シュレーディンガー著の「生命とは何か」、またマルクスの「哲学の貧困」、仏教哲学など、まだまだあります。ですから哲学は理系、文系はあまり関係ないように思います。今は大学で教養課程が無くなっていると聞きました。しかし、大学4年間のうちの2年間の教養は理系、文系に関わらず、心理学、倫理学、経済、法学なども学ぶことで、後の自分の人生において、何かしら影響を受けているように思います。特に、教養課程で学んだ哲学により、深いところで人間社会についても、若いなりに思考することができるようになったのではないかと考えています。大学は高校とは、また違った「学びの場」ということを無意識のうちに感じていたかもしれません。

　当時の社会へ再度、目を向けると、先述の新幹線はこの後も続いて造られました。それは第二幕になりますので、その時、少し触れることにして、第一幕としての問題点を記憶から掘り起こしてみます。第一幕の大きな特徴を、自分なりにまとめてみます。それはなぜ、新幹線に拘って思い出を綴ってきたのかと、いうことにつながります。つまり〝超高速〟ということです。ちょうど日本社会が〝高度成長期〟と言われた50年代後半から70年代前半に掛けてのことで、とにかく突っ走って、世界に〝追いつけ、追い越せ〟と経済の進展を推し進めてきたのだと感じます。その結果、よく知られたメチル水銀化合物による水俣病や、石油コンビナート建設による四日市ぜんそく、鉱山の精錬に伴う未処理排水によるイタイイタイ病などの環境問題が起こったのです。こうした工場排水や大気汚染は、多くの人を病に陥れ、いまだに法廷問題として争われていることは、現在も時々報じられている通りです。確かに、その後、環境問題が大きく取り上げられてきましたが、「環境省」ができたのが、21世紀になった時でした。それと炭酸ガス排出を少なくしようという声や北極の氷が解けてきているといった声は以前に比べてここ最近、小さくなってきている感を抱きます。

　それからもう一つの戦後の日本の特徴として、都市への「人口集中」の問題があります。これも後世に色々な課題を残してきました。東京一極集中です。経済最優先の世界ではダメだよということを、現在の「コロナ問題」は世界へ投げかけたのではないかとさえ思える昨今です。

こうして、日本の〝高度成長期〟に青春時代を過ごしたのですが、小学校時代から高校生の頃も、正直なところ、これが世の中の発展ということかなという程度の理解の仕方であったと思います。小学校へ入ってから大学院を終えるまでの22年間の第一幕ですが、生まれてからの時間も考慮すると、戦後の復興という重い時代も少しは体験したわけです。石油や石炭ではなく、〝木炭バス〟が走っていたのも覚えています。

その戦後の復興と大いに関係する、第一幕の大きな出来事があります。それは、先に少し触れました「安保闘争」という日米安全保障条約に反対する学生運動です。戦後20年経って1960年代中頃から起こったと記憶しています。私はちょうど大学院の学生で、最後の論文をまとめている頃に原子力工学科の建物も学生運動家に封鎖され、4階建ての屋上から火炎瓶を投げてくるという恐ろしいことも目の当たりにしました。私は逆に学生を説得する立場で、その建物へ入れるよう話し合いをした経験は、つらくも大きな思い出であり、現在の日本の在り方や若い人たちのものの考え方など、当時から見ると、今はいろいろと失ったものもあるのではないかと痛感しています。特に感じるのが、新しいものへ挑戦することで、これは若い人だけではなく、会社や官庁の人についても、日本人全般に言えそうです。

不思議なことに、この第一幕が22年、次の第二幕が18年そして、第三幕が22年。現在、第四幕の真ん中辺りに生きているのですが、88歳まで行くとちょうど第四幕が20年間になります。つまり、結果論なのでしょうが、一つの幕がほぼ、20年という長さになるのです。こうして大学院を卒業する時はまだ、高度成長期の60年代の終わりで、石油産業の花盛りの時です。

話を戻して、第二幕へ移っていくきっかけになった人との出会いが、先に書きました化学の先生です。私は、例によって教養課程の化学の先生の部屋を訪問していました。

この日の訪問が私の人生の変換に作用をしたのです。教授は椅子にリラックスして座っていた私に向かって、「今度、大阪に原子核工学の大学院ができるけど、君、受けてみないか?」当時、ミクロな事に興味があったことは確かですが、まさか原子核までは想像していませんでした。「はぁ」と何となく曖昧な返事をしたように覚えています。1960年代の中頃ですから、原子力産業がまさに勢いを伸ばし始めていた頃です。当時、原子核の学部生の募集が始まって、大学院まで創設しているところは少なかったのです。「試験科目は自分の専攻科目一つと、あとは教養の物理、化学、数学、そして語学はドイツ語と英語」です。不安は、もちろんありました。

ここからが自分の原子力とのかかわりが出来たそもそもであります。4年間は生物化学という学問の世界であり、〝原子核〟といっても、〝原子爆弾〟という言葉がさっと、思い浮かぶくらいでした。新しく、不安と同時に何かわくわくしていたのを覚えています。それにあまり、就職ということが頭に無かったように記憶しています。持ち前の「好奇心」が頭をもたげ、ドイツ語も当時、好きで京都の日独会館という処で習いに行っていたので、役に立ちました。そして学部4年生の7月に試験に挑み、幸い合格し、就職ではなく、進学へ道が決まったのです。面白いことに研究室の指導教官によってではなく、教養課程の教授の一言で決まったのです。人との出会いであったのだろうと、後で思い出したのです。それと、4年になった頃の日記によると、授業科目にもなかったのに、「放射線と人体」ということにも興味をもっていたらしく、そういう意味では、自分の頭の中に何かあったのだろうかと思いましたが、当時の日記には詳しく書いてありませんでした。今にして思えば、道として、見えていたのかなという気もします。

こうして、5年間の大学院が始まり、何しろ初めての研究室なので、助手の方に教えてもらいながら、ガラス細工で実験装置を作製し、またセラミックという粉末材料を焼き固める電気炉を手造りしたことなど、この時の体験はどれも、後世の自分にとって、大変に役に立ったのです。当初は私と同期の院生一人と助手の人、三人という、こぢんまりとした研究室でアットホームな感じがよかったと思います。お酒を飲んだのもこの頃が始まりでした。同期の彼は修士課程で卒業して、東北の方へ就職したので、後期課程は私が一人で、4年生から持ち上がってきた前期課程が二人。私にとって、初めて人に教えるという貴重な経験も自分の宝になりました。こうした研究室の日常と共に、さらに新たな出来事は、学会発表という場を与えられたことです。そうした公の場での議論などは経験したことが無かったのです。

また、世の中に目を向けると1963年、10月26日に商用原子力発電所である東海原子力発電所が東海村で発電し、この日が日本で初めて商業用の原発が稼働した日で、暦では〝原子力の日〟となっています（なお、98年に廃炉が決まり、作業が進んでいると報道されています）。折しも、日本は高度成長期で、1968年には国民総生産（GNP）は当時の西ドイツを抜いて世界第二位になりました。第一幕終わりに近い時、大学院が修了する時です。また人生の節目の人の出会いがありました。次の福島第一原子力発電所の一号炉が運転する前の年に、電力関連の或る会社から技術部長が大学へ来られ、指導教授と私を前に、来年（1970年）神奈川県に、原子力関係の会社が創設されるので、ぜひ来て欲しいというリクルートです。実はその前に、国の或る研究所へ就職のため見学に行ったことがあり、何となく活気が無く、そこはあきらめていた矢先でありました。その事が頭に浮かび、会社へ行くことに決断をしたのです。とにかく、原子力工学を卒業した人はまだ、極めて少ない時期でした。

いよいよ、「学校人」を終えて、第二幕の始まりです。名称を「会社人」としました。

第二幕　会社人

会社での18年間

その頃の社会へ目を向けますと、日本の高度成長が続き、山陽新幹線が開通しました（1972年）。時はまさしく、「安定成長期」と言われた頃です。住み慣れた京都を離れ、初めて神奈川県へ向かったのです。なにしろ生活の場で大海原を見たことが無かった時の印象が強く残っています。六人家族での京都の生活が、一人で寮住まいになったのです。この経験も始めてであって、恥ずかしいことに、夜には涙ぐんだこともありました。当時は、会社は原子力工学の学部一期生も採用されて、活気にあふれていました。私は彼らよりも年上で、いきなり、責任ある立場になりました。当時の日記には、技術のことはもちろん、組織の人間関係、長女が生まれたので、赤ん坊のことなど、さまざまな自分史を観ることは、何かこれからの人生総集編への参考になるかもしれないと思っています。75年の4月3日の日記には、「ぼくが一番興味をもっているのは、①表面反応あるいは相互作用、②放射性元素の非放射性化、③ガン細胞」と記述しているのには、今読んでみてびっくりしました。なぜならば、三つとも、まさしく、現在歩んでいる第四幕に通じているのです。46年前のことです。

一方、プライベートから職場へ目を向けると、高校卒や大学卒の人たちが60名、一期生として採用されました。3か月の訓練期間中に、会社というものについて学習し、その後、私は技術部へ配属されました。仕事は製造現場で、原子燃料を加工する機械の調整から、工場排水処理まで、さまざまな仕事を担当していました。こうしたことは、人との対応が加わり、初めて見るものばかりで、第一幕の研究室立ち上げどころではありませんでした。製造機器はとてつもなく大きく、自動的に動いているものもあり、電気炉などは自分で組み立てた玩具みたいなものではありません。毎日の残業はおろか、会社で寝泊りもしました。今の世ですと、ブラック企業でしょう。しかしながら、何か充実感がありました。皆が一丸となっていた記憶があります。

この第二幕の社会的な変化は、何としても「エネルギー問題」です。ちょうどこの時期、石油から原子力への変換が起こっていたのです。私たちはその真っただ中へ入り込み、日本で初めての原子燃料の製造に携わっていました。原子力の功罪については、後の幕でも議論しますが、30代になっても、これが社会、科学そして技術の発展だという認識が自分の中にあったことは事実です。しかも自分の専門が活かせたことには満足感がありました。

入社して、翌年、大きな出来事が起こりました。アメリカの西海岸のサンノゼへ赴任してくれという会社の方針。アメリカの大手電機会社の原子燃料設計部署があるので、そこで4か月滞在し、翌年、本社がある東海岸へ移って下さいとの会社の指示です。アメリカへはむろん行ったことはなく、不安な気持ちもありましたが、断ることもできないだろうと思いつつ、また好奇心という〝持病〟が出て、嬉しさ半分で1971年の8月に太平洋の上を越えたのです。サンフランシスコへ降り立つと、会社の方が迎えに来てくれていて、車でサンノゼまで高速道路の一時間ドライブを楽しみました。その時の印象は、空気が乾燥しているせいか、空が青々として、全体が広々とし、凄いところだな、の一言でした。

ここで時計を少し戻して、実はもっと大ごとが第一幕と第二幕の間という微妙なところでありました。それは結婚です。それまで、二回しか会ってない大阪の人といわゆる、見合い結婚です。当時、見合い結婚は当たり前の方式でした。場所は京都のホテルで、式の日は、1月23日と言うのも偶然ですが、覚えやすい、1、2、3です。神前結婚式が仏式よりも多かったように思います。我々も特にそんなことは考えず、ホテルからの設定どおりの手はずで、滞りなく、結婚式を終えたのです。言ってみれば相手をよく知らずに結婚生活に入ったわけです。むろん新婚旅行というのも、結婚式とセットのような時代でした。これから結婚生活は第二幕以降、当たり前の人生行路として続きます。彼女も神奈川は初めてであったのです。会社の近くの社宅が住まいで、バスによる送迎があり、当時、その意味では仕事に専念できたように思いました。

ここで、アメリカの舞台へ話を戻します。さまざまな文化の違いを体験したのですが、車が無いと生活できない社会なので、まず国際免許を取得しなければなりませんでした。

会社の方が教えるからということで三日間、ホテルへ迎えに来られ、「私の車についてきなさい」と会社が用意してくれたレンタカーに乗って、一日走り回りました。実はまだ、日本の免許を取得して、２週間しか車に乗ったこともなかったのです。渡米の話が出てから、国際免許証に書き換えました。日本の運転にも慣れていなかったので、最初から左ハンドルに違和感はなかったのも事実です。大きな乗用車を一人で運転しながら、近くの住宅街をついて走りまわり、四日目に、「今日は高速道路への出入りです」にはびっくりしましたが、正直なところ、高速道路なるものもよく分かっていなかったと思います。なにしろ、車のスピードが速く、怖かったですが、車がそれほど多くなく、道幅がとにかく広くて、二～三車線が当たり前の世界でした。それと後は簡単なペーパーテストがあって、ハイ合格ですというものでした。これで「アメリカの運転免許証」を入手したのです。日本で書き替えて取得した「国際免許証」も持参していたのですが、アメリカで運転していて、何かあったときに不利になると聞き、アメリカ免許証を取得するよう勧められた訳です。当時、1ドルが360円台の頃、およそ4ドルで取得できました。

またレストランでは、一つの大きなお皿に色々と盛り付けてあり、フォークやナイフがあり、箸の文化とは違和感を持ちました。会社では各人、小さな部屋があって、机に向かって事務をする姿には何か感心しました。当時、日本では大きな部屋に全員が集まり、特に各人の仕切りもないのが普通のオフィスでした。今も多くはそうでしょう。

サンノゼでの4か月の時間は、瞬く間に終わり、いよいよ東海岸への旅の時が来ました。

カリフォルニアで色々とお世話になった会社の方とも、サンフランシスコ空港で別れを告げました。当時はジョージア州の中心都市・アトランタ経由で、ノースカロライナ州の最大の都市、シャーロット飛行場に到着し、そこで乗り換えて、東海岸のウィルミントンという田舎町の飛行場へ到着したのです。どこもかしこも、だだっ広いの一言。ここでまた、文化の違いを感じました。会社を訪問すると、技術部長さんが「あれ、奥さんは?」と聞かれ、「日本です」と言うと、「それはおかしい、すぐ呼びなさい」。

これにはびっくりしたのです。当時日本ではたいてい、単身赴任で、呼ぶとしても半年してからという掟がありました。アメリカの部長さんは日本の会社へ、連絡をとってくれて、彼女も2か月ほどして急遽、渡米してきたのです。閑静な住宅地に会社が借り上げてくれたアパートがあり、そこへ案内されました。コンドミニアムという二階建てで、二軒の家が繋がったレンガ造りの建物でした。日本では、まだ木造住宅が多かった時代です。森のように樹々が多く、〝フォーレストヒル〟という名前の通りの住宅街でした。あちこちに咲いている〝ハナミズキ〟という白や浅いピンクの花が出迎えてくれました。これが州の花だと知ったのは後のことです。

ここでもまた、初めての文化を体験したのです。十帖ほどのリビングルーム、六帖どのキッチン、それに二階には、三つのベッドルームという、日本からみると豪華な一軒家のような印象でした。ここで一年半の生活が始まりました。ノースカロライナ州はアメリカの独立13州の内の一つ。とにかく、当時の東海岸の田舎町、ウィルミントンには日本人は住んでいませんでした。びっくりしたのは、一人のアメリカ人から「東京？　どこ、中国か？」と聞かれた時があったのです。この街の人たちも、州からほとんど出たことが無い人が多かったのも事実です。或る時、ここの地方紙がアパートまで取材に来て、女房と私が翌日の新聞に写真入りで掲載されたこともありました。ここは南部の州で、海も近く、夏には泳ぐこともでき、夏は蒸し暑いこともあり、少し、日本と似ているようにも思いました。

毎日の生活では、敬虔なクリスチャンのご夫婦が何かと声を掛けてくれ、日曜日は教会での礼拝へ案内されることもしばしばありました。キリスト教といっても、色々な宗派があることもこの時、知りました。こうして、人々に助けられ、不自由のない毎日を過ごしたのです。女房はアメリカで運転免許を取得し、買い物へ車で行くことができました。また街の高校で日本のことを話して下さいと、講演を頼まれることもあり、地域交流は頻繁で、大げさかもしれませんが、こうした小さな人々のつながりが、世界の平和につながるのではないのかと、痛切に感じたのもこの時でした。女房も私も、こちらの食事にも、さほど違和感が無かったので、食文化に馴染むことにも苦労しなかったと思っています。或る種、好奇心があったから、異文化を楽しんだのではないかと、当時を懐かしく思い出しています。ただ、70年代後半は日本からアメリカへの鉄鋼製品の輸出が盛んで「貿易摩擦」とも言われ始めていました。輸出攻勢が80年代にも、カラーテレビ、ビデオテープレコーダー、そして自動車と、軒並み日本からの輸出が続き、アメリカとの間で激しい貿易摩擦の時代でした。そうかと言って、われわれ、日本人が変な目で見られるということもありませんでした。

こうした物の移動が速く、それにつれて、人の移動も頻繁になり、お互いに認め合う真の文化交流、つまり人の心が付いていけなくなったのではないかと考察しました。1973年、10月に第4次中東戦争が起こり、世界的に石油の量が足らなくなり、値段が上がり、世に言う第一次オイルショックと言われる現象です。73年の中頃にトイレットペーパーや洗剤といった原油価格と直接関係のない物資の買占め騒動が起こり、現在の「コロナ問題」による騒動と、現象としては似ているようですが、現在はもっと人間社会の根本的な処が問われているのだと思います。それらについては、後の幕で再度見ていきます。

一方日本では、いわゆるバブル景気と言われた時代に入りかけて、さらに新幹線ビジネスが続き、上越新幹線（1982年）と同時に、東北新幹線の建設がありました。こうして日本は、ますます「時間が短く」なっていったのです。このような猪突猛進的な進歩が後々の我が国のさまざまな矛盾を生んできたように思います。〝狭い日本、そんなに急いで何処へ行く〟ということが言われたのもこの頃でしょう。

アメリカ滞在中の会社の仕事へ目を向けると、これがまた、工場の立ち上げ計画の流れの中でした。〝産業〟の大きな流れと、末端の現象には、時間差があることにも気を付けなければならないでしょう。大きな流れは、「原子力」というエネルギー産業へのギアチェンジが始まりかけていたことがあります。工場には装置はほぼ、揃っていましたが、機械操作のマニュアルの整備や、品質管理、放射性物質を扱うための特別の管理方法などの手法を整備することも私の担当でした。私自身、もちろんまだ工場については素人でしたから、現場の作業者や技師の方たちと一緒に工程の立ち上げに携わった経験は、これもまた、良い体験でした。言葉は片言でも、とにかく喋れば通じるものだと認識し、夏過ぎには無事に工場を稼働させるところまで出来上がり安心しました。

こうして、一年半という短い時間が経ち、ウィルミントンを去ることになりました。

初めての海外での長期の滞在が、楽しく過ごせたことは、この街の人々の温かいもてなしの心があったからではないかと、しみじみと思いました。お世話になった人々とは帰国してからも、手紙やクリスマスカードのやり取りもしていました。悲しいことにクリスチャンの奥様が百歳で、この1月にご逝去されたとの訃報を受け、花束の慰霊をお供えさせて頂きました。

さて帰国後の日本は安定成長期の最中で、造れば売れる（輸出）という時代で、80年代から1990年頃まで、先述のバブル景気の舞台に立っていたのです。1979年に、アメリカの社会学者、エズラ・ヴォーゲル著『ジャパン・アズ・ナンバーワン』が日本でベストセラーになったのも、この頃でした。

帰国して、まもなく、長女が誕生し、一歳半過ぎの日記の中で面白いのは、言葉です。ラジオを「ダシオ」、テレビを「ビ」、スプーンを「プン」、更に恐い恐いを「クワイ、クワイ」、暗い部屋へ行くのが嫌いで、「デンチ、デンチ」と明かりをつけて欲しいことを訴えました。それから、二女が77年に誕生し、普通の家庭生活を営むのです。結婚そして子供の誕生は、渡米と同じように第二幕の大きな出来事でありました。

一回目の渡米から、6年後の1978年に、再びウィルミントンへ駐在することになりました。今度は技術リエゾンという仕事で、原子燃料の製造技術の日本への伝授、さらに日本から渡米してきた人たちのお世話をする係でした。官庁の人や電力会社あるいは、ウィルミントンへ個人的に来た人たちの案内です。この時、我が家は二人の女児のお陰で、最初の滞在とは、また違った体験をしました。家族四人で暮らしていて、印象に残っているのは、長女が近くの小学校へ入学するとき、普通に受け入れられ、先生がすぐに長女を抱きしめてくれたことでした。今でこそ、ハッグと言い、そのような仕草をよく見かけますが、当時は文化の違いをこんなところにも見ました。

また事務所では、比較的時間の余裕もあり、高校へ日本のことを教えに行き、自分の専門の学会や研究会が開催される他の州へと出掛けていくこともしばしばありました。この片田舎街にある州立大学へも日本からの留学生が見られるようになりました。日本人の学生さんたちのお世話をしたことから、今もこの人たちとのお付き合いがあります。

この二回目のアメリカ滞在で大きな社会的な出来事は、ペンシルベニア州にある、スリーマイル島における原子力発電所の事故（TMI事故）です。この時は、首都ワシントンへ出張していて、夕方、ノースカロライナ州のアパートへ戻って、テレビのニュースで知ったのです。1979年3月28日です。河口から100キロメートル以上離れた、ある街で起こりました。機器の故障と人為的なミスが重なったといわれています。原子力に携わって15年間で初めての経験。事故を目の当たりにしたときのショックは今も忘れません。当時の新聞は大事に日本へ持ち帰り、ファイルにして保存しています。どんなに、科学・技術が発達しても、故障や人間のミスは付きものであり、驕ってはいけないということの典型的例であると思っています。そして2年後にニューヨークタイムズ社が世論調査を実施した結果、「原発建設推進の必要性について、〝認める〟が69％から46％に減少、また〝認めない〟が21％から41％に増えた」ことを報じていました。

人為ミスが重なって原子炉を冷やす冷却水が流出したことで炉心が露出し、水素爆発こそしなかったですが、メルトダウンを起こしました。住民の避難、高速道路の閉鎖等、対応の速さには、テレビを見、新聞を読んでいて、感心しました。

アメリカ滞在中での第二幕における人の出会いが、実は次の第三幕へつながっていくということがすごい、冥利であったのかなと感じたことがありました。

西海岸、カリフォルニア州にあるサンディエゴというメキシコに近い町で学術学会がありました。東のはずれの町から参加したのです。さすがに街の雰囲気も、何となくラテン的な感じです。１８４０年代にアメリカ合衆国とメキシコ合衆国が戦争をして、サンディエゴは、アメリカ合衆国・カリフォルニア州となったと歴史は伝えています。アメリカでは、南北戦争と対比してメキシコ戦争と呼ばれています。

それほど大きな学会でもなく、当時、まだ日本からの参加者は少なかったのを覚えています。数名の日本人と名刺交換をした中に、神奈川県の大学教授がおられ、後で知ったのですが、日本でも有数の電子材料の先生だったのです。威厳がある中にも優しそうな印象を受けました。私の原子燃料という材料とはまた、違った材料の研究者だったこともあり、この教授とは、この学会以来、お会いしたことはありませんでした。ところが、この教授が第三幕の舞台への役割を担われていたのです。

学会が終了し、ノースカロライナ州へ戻って、１９８０年の10月まで、東海岸に滞在していました。丁度、その頃、日本の企業が州都の近くにできたことを知りましたが、東海岸の方では、まだ珍しい頃であったと思います。

日本の会社へ戻って、景気はよく、会社も機械の増設や工場の増設など、いわば原子力が急成長の頃でした。その間にも、仕事や学会で他の州へも出かけていました。

日本の会社へ戻って、ウラニウム金属の粉末を焼き固める工程を担当していた頃、歩留まりが何と、50％というひどいものであったのです。通常、粉末をプレスでペレット状にして高温で、水素ガスの雰囲気で焼き固めるのです。私は、その時、水素ガスを水の中に通して、水分を含んだ水素ガスを電気炉へ通すことを考案し、社長や技術部長の了解のもと、現場で実施したのです。その結果は自分でもびっくりしました。目視で見る限り割れや、欠けは無く、歩留まりが90％を超えたのです。何回も試した結果、間違いないことを確認しました。これは第二幕における大きな成果でした。80年代半になると生産も落ち着き、増設工場も完成して、私自身も製造技術部から計画技術部へと変わっていました。

そうした中で、１９８８年にサンディエゴでお会いした教授が自宅へ来られ、女房と私を前に、「今度、神奈川の大学で、材料工学科を創設するので、是非来て下さい」という話で、びっくりしました。そして、二週間ほどして、その教授は会社まで来られ、社長にも説明されたのです。何か論文を用意しておいて下さいと言われ、慌てて作成した覚えがあります。それから、まだ認可が下りる前の、９月に会社に退職届を提出したのです。時々、大学から材料工学科で使う、電子顕微鏡や小さなプレス、電気炉などの調査をし、文部省へ提出しなければならないので手伝いをしてほしいと頼まれ、大学へ訪問したり、日本の機器メーカーへ機器購入の手続きなどにも行きました。12月に国の審査が通ったとの連絡があり、ほっとしたのを覚えています。と同時にこうした転換にも、とにかく自分としては一生懸命やるということが、自分の一つの持ち味でもあるのだと、自信にもなったように思います。

すでに会社には退職手続きをしていた手前、もし認可されなかったらどうしようかと、心配な日々を過ごしていたのです。後でこの教授から聞いた話では、私が会社の経験があることも大切な要素であったとか。実はこの教授も大学を出たとき、京都の電子材料が、まだ四畳半企業の時に、入社して、それから大学教授になられたとのことでした。当時はまだ、日本の大学では、一つの研究室で助手から積み上げて、同じ研究室で助教授、そして教授になっていくというのが普通であったのです。そういう意味でも欧米から遅れていました。

第二幕では、通算4年ほどのアメリカ生活があり、一つ一つの記録を日記という形で残していたことは、これからの人生においても何かヒントを与えてくれるのではないかと改めて思っています。この時、大学へリクルートに来られた会社の技術部長が人との出会いでありました。また、半世紀ほどたった今も、同期生の会があって、私は他の大卒の人たちより年上ですが、１９７０年入社の一期生として仲間にしてもらっているのです。一人の教授とアメリカという異国での出会いがあり、「会社人」としての18年が経って、私の20年間が一つの幕の人生である、第二幕が閉まるのです。

こうして、このアメリカで会った教授による出会いから、1988年、次の人生の新しい舞台に立つことになり、第三幕が開くのです。

第三幕　大学人

さて、第三幕の舞台も海に近い街にあり、第一幕では京都の東山、北山、西山と、山々を楽しんだのですが、第二幕以降は海を楽しむことになります。そうかといって別に釣りが好きということではなく、水平線の海原を眺めていることで心が和むのです。

大学での研究・教育の舞台を「大学人」と命名しました。当然ながら、現在に近づくほど記憶も思い出しやすくなり、つい昨日のことのような感じさえします。

とにかく新しい学科であり、当然ながら設備も揃えていかなければなりません。私は共同管理棟と言って、そこで教員全員が使用する電子顕微鏡類の整備も、メーカーへ行って打ち合わせをする、さらに設置や調整なども担当しました。これも不思議なことですが、上述のように、第一幕、第二幕とも、新規の立ち上げに始まった仕事でした。私としては違和感なく、入り込めたのは幸いでした。

さて、私の研究室のキャッチフレーズはクリーンエネルギー。その材料研究です。最初の一年半ほどは、立ち上げのために研究まで手が届かなかったです。1990年学生さんが新しい学科へ配属されました。少し余裕ができたころ、こんな「詩」を創っていました。

「湘南の電子たち」

作詞　杉原　淳　2004年5月4日

ああ　湘南の海近く
青き水と光を浴びて
熱き電子とめぐり会う
クリーンエネルギー創る友

ああ　湘南の空のもと
涼風　振動　頬に受けて
超える伝導　求めよう

クリーンエネルギー創る友

温度差発電や、超伝導体、さらには振動をエネルギーに変換する素子の研究開発を始めたのです。その素材にはミクロに見ると、材料の中の「電子」が大いに関わっているのです。

さて、世界に目を向けると1969年のアポロ計画の最初として、月面着陸が報じられましたが、その後も、宇宙開発は活発に行われ、86年のチャレンジ号打ち上げ失敗で、宇宙飛行士・七名全員が犠牲者という痛ましい事故が起きました。その後、32年間、「宇宙開発」計画は中断したと伝えられましたが、80年代に始まった宇宙開発打ち上げの過密スケジュールも事故の原因の一つだったと報告されています。部品の点検ができなかったという報告を調査委員会が出しました。いつの時代にも、こうした最先端の科学・技術は、何を一番優先しなければならないか、という視点でことを進めるべきという初歩をつい、忘れてしまったのではないかと思います。

こうした華やかな宇宙開発の一方で、第二幕で記述しました、ＴＭＩ事故の7年後、１９８６年4月26日に、ソヴィエト連邦・ウクライナにおいて、原発事故が発生しました。場所はウクライナ、黒海の少し北の地方で、１０００km以上離れた北の国、スウェーデンが、ソ連で何かあったと最初に発表したということが印象深く残っています。後でいろいろと調べると、制御棒などの根本的な設計欠陥、炉自身が頑丈な設計になっていなかったこと、実験のために安全装置を無効化した、さらに運転員の教育が不十分であったなど、かなり人的ミスが多かった、結果、33名の死亡者を出したと報道されていました。痛ましい事故でした。

こうして、第二幕、第三幕と原発事故は続いたのです。しかしながら、80年代は中部地方に2基稼働し、新潟に1基そして敦賀にも1基と、日本のバブル期に合わせて原発ムードに押されていました。

第三幕の私は原子力から離れ、何とかクリーンエネルギー材料の研究・開発をと頑張っていました。世界的に環境問題を話題にすることが増えてきた時期でもありました。この少し前の85年にアメリカの大学教授が日本の雑誌に掲載していた記事は、人間の活動でこのまま、二酸化炭素を出し続けると、21世紀末までに地球の平均気温は3度も上昇するというものでした。日本の資源エネルギー庁も86年にエネルギーのベストミックスと称して、電力を安定的に供給するために、火力、水力、原子力などの

郵便はがき

料金受取人払郵便

新宿局承認

3970

差出有効期間
2022年7月
31日まで
(切手不要)

160-8791

141

東京都新宿区新宿1－10－1

(株)文芸社

愛読者カード係 行

ふりがな お名前			明治 大正 昭和 平成 年生 歳	
ふりがな ご住所	□□□-□□□□			性別 男・女
お電話 番 号	(書籍ご注文の際に必要です)	ご職業		
E-mail				
ご購読雑誌(複数可)			ご購読新聞 新聞	

最近読んでおもしろかった本や今後、とりあげてほしいテーマをお教えください。

ご自分の研究成果や経験、お考え等を出版してみたいというお気持ちはありますか。

ある　ない　内容・テーマ(　)

現在完成した作品をお持ちですか。

ある　ない　ジャンル・原稿量(　)

書　名			
お買上 書　店	都道　　市区 府県　　郡	書店名	書店
		ご購入日	年　月　日

本書をどこでお知りになりましたか?

1.書店店頭　2.知人にすすめられて　3.インターネット(サイト名　　　)

4.DMハガキ　5.広告、記事を見て(新聞、雑誌名　　　)

上の質問に関連して、ご購入の決め手となったのは?

1.タイトル　2.著者　3.内容　4.カバーデザイン　5.帯

その他ご自由にお書きください。

(　　　)

本書についてのご意見、ご感想をお聞かせください。

①内容について

②カバー、タイトル、帯について

弊社Webサイトからもご意見、ご感想をお寄せいただけます。

ご協力ありがとうございました。

※お寄せいただいたご意見、ご感想は新聞広告等で匿名にて使わせていただくことがあります。

※お客様の個人情報は、小社からの連絡のみに使用します。社外に提供することは一切ありません。

■書籍のご注文は、お近くの書店または、ブックサービス(0120-29-9625)、セブンネットショッピング(http://7net.omni7.jp/)にお申し込み下さい。

発電方式を最適なバランスで組み合わせることをビジョンとして掲げました。そして97年に、各国の代表者が京都に集まって、「温暖化に対する国際的な取り組みのための国際条約」、いわゆる京都議定書（COP3）が制定されました。これを機に、世界的に「地球の温暖化」の防止をすべく動きだしたときです。要は化石燃料をできるだけ、使用しないようにという施策で世の中はソーラー発電のブームが始まる時でした。私は大学の方針もあって、公共建屋で二番目に早く、ソーラー発電システムを教室のビルの屋上へ設置しました。ソーラーパネルは900枚以上あり、確か100キロワットの電力を得ることができ、教室の蛍光灯などへ供給したのです。しかし、この時、初めて体験したのですが、夏の日照りで、確かに発電は最高ですが、実はパネルの裏側へ手の平を当てると50℃近い温度です。考えると当たり前のこと。電線に電気が流れているとき、線が熱くなるのは、誰でも経験しています。パネルもそれと同じで、それだけの熱を発生しているわけです。この時から私は「メガソーラー」は良くない、と思い、小さな電力に限るべきであろうと考えました。それと、パネルの下にその熱を利用するとか、何か方策を考えるべきであろうと、思っていた矢先に、次のような光景に出合ったのです。二、三年前に中央線の線路脇の土手のような草が生えている面の草を刈って、そこにパネルを設置しているのを見て、なんと、ひどいことをしたものか、と驚いたことがあります。太陽光パネルの下は、よほど工夫をしなければ、何のための「再生可能エネルギー」かわからなくなります。そうしたちぐはぐな技術開発には警鐘を鳴らすようなシステムができないものかと思いました。

私は自分の研究テーマであった、温度差で発電ができる素材を設置しようと、計画を立て、温度差発電の素材開発も手掛けたのですが、退職に間に合わず、残念ながら今日に至っているのです。しかし、まだ夢は諦めていません。退職するときにメーカーさんから一枚のソーラーパネルを頂き、個人でどこにも無い技術を、自宅で続けていこうと、その難しさをかみしめながら、簡単な実験をしています。

今は、だれが何と言おうと、ＩＴの時代であることは動かしようがありません。机の前だけで仕事を済ませ、それで良し、と考えてしまう技術が出てきていることは否めません。さらに、これからももっと多くなるでしょう。当然現場を知らないことによって、事故にもつながりやすいと思います。

タイプライターで論文を書いた我々の世代から「パーソナル・コンピューター」の時代になり、今回の〝コロナ禍〟が教えているように働き方も変わるでしょう。その際、パソコンに任せてしまうのではなく、その仕事における重要なこと、求められていることは何かを常に考察を重ねていかなければならないし、その技術がもっている、であろうマイナス面をよく理解し、できるだけそれを無くす研究も併せてしまうのが今の世の流れのように思われます。パソコンに任せてしまい、それで終わりと思ってしまうのが今の世の流れのように思われます。

極端にいうと〝デシジョンツリー（decision tree）で、yes or no の形でことを決めていってしまうことで満足してしまう危険性があります。

ものの売り買いなど、何でもかんでも、「パスワード？」と聞かれ、〝個人情報を守る〟という名の元に、本質を考える感性を無くしてきているのではないだろうかと考えてしまいます。ITの世界は、悪事も働きやすく、どうしてもパスワードで、閉鎖的になるのだと思います。

さて、ソーラー発電から少しずれましたが、1980年代の後半は、先に書きましたベストミックスという政府の施策もあり、原子力、ソーラー発電、水力の他にバイオマス、風力、地熱などによって脱石油を達成していこう意気込みのようなものが、世の中の流れでありました。バブル景気が危うくなってきた頃から、そのブームはかなり、影を潜めたように感じます。ひとえに国のエネルギー政策が変わったのかどうか分かりませんが、燃料電池も、或る国立の研究所で、開発がほぼ終わり、いざ市場へという頃に、消えてしまった感じがします。とにかく、ソーラー発電は原子力の約

3倍のキロワット当たりのコストがかかるという試算があり、燃料電池もコストの面からなのかどうか。こうした新しい技術は、世の中で使っていくことで、少しずつ需要ができ始め、また改善もされ発達していくと考えたのは70年代だけの姿勢だったのかもしれません。

第三幕の主題、つまり若い人たちをどのように育てるかという大事な課題があります。

まず、私が一番、力を入れたのは、学生さんがいかに自分の力を発揮するか、表現していけるか、そうした雰囲気を創り、実際にはどうしたかを、少しまとめたいと思います。

我々のように実験科学の場では、さまざまな機械、圧力をかける、真空にする、温度を上げる、そのほか、計測器など、それらによって自分の目指す材料を創る訳です。学生さんが「先生、真空ポンプが動かなくなりました」と言ってきたとき、私は、こう伝えました。

まず、「分解してみたら」と。まずは初めてのことでしょう。道具集めから始め、どこから手を付けるのか、だんだんと、内部の状況が分かり、真空ポンプの原理まで、そこで勉強できます。今の世の中は何もかも、一体化して、内部が分解できないようになっているものが多くなりました。おそらく製造するときのコストダウンなのでしょう。こわれたら、廃棄か、交換という〝消費〟の世界になってしまいました。学生さんには、現場がどんな場合にも大切だと教えてきました。時々、卒業生が集まる飲み会で、「分解する手法などを学んだお陰で、会社で役に立っています」という言葉を聞くと大変にうれしかったです。こうした現場の力は、工業力につながりますが、それで思い出すのは、アメリカの工業力の成長は南北戦争終結後（１８６５年）だとの記述があります。戦争という良くない現場ですが、ちょうど日本が明治時代に入る直前です。

次に身に付けて欲しいと考えていたことは、自分の考えをまとめて、たとえば10分ほどの時間で発表するコミュニケーション力を付けることでした。一か月に一回は、そうした会を実施していました。そして年に一回はゼミ旅行と称して、伊豆の大学の研修センターで二泊三日の日程の旅行の中で、勉強も楽しんだのです。一期生から十七期生までの写真を整理して、アルバムも作ってあります。コミュニケーションについては、時々、外国の先生を我が研究室へ招聘したことがあり、その時はできるだけ、学生さんも馴染むことができるように、飲み会を設定したこともあります。外国との関係では、私は必ず、年に二、三回は海外の学会で発表をしていましたので、各国の研究室とは仲良くなるのです。その機会を利用して、外国へ行ってみたいと言う院生には、少しは資金援助して一週間の海外体験の機会を与えていました。大学も少しはゆとりがあった頃です。

訪問した大学の中では、あまり行く機会が無い、〝東西のドイツ統一〟（1990年）後の95年にドレスデン（旧東ドイツ）での学会へ出席し、一人で街を歩いた時、戦争で被災した建物を整備しているのが目についたことや、またレーニン像が地面に倒れたままの姿を見て、平和ということの大切さをしみじみと味わったのです。その後、ソ連から独立した直後の、バルト三国（エストニア、ラトビア、リトアニア）の一つであるラトビア大学で講演をし、また教授を日本へ招聘したこともありました。

こうした外国での経験もさることながら、このような力は内面的な観点で見ると、〝語れるものをもつ〟ことの重要さではないかと思います。それが無いと、人とのコミュニケーションは当然できないです。「日本人の弱点」（2015年）という書籍には、「リーダーに共通しているのは、人に語れるもの、ストーリーをもっていることだ」と記されていました。別にリーダーにだけ必要という訳ではないとは思いますが、人に語れるものをもっていることは、一般的に大切な資質だと思います。そうした人と話していると、こちらも楽しいことが多いです。もう一つ教育の場で大切に思ったことは、社会との繋がりを考えていることも、学生さんにとっても大切な姿勢だと思っていました。

たとえば、私が市民への或る講座をしたのですが、その時のテーマはエネルギーでした。一番前の席で熱心に聞いておられた老齢の方、Yさん（当時80代半ば）と、講演後も話が弾んだのです。何とその方はご自分で小さいバンの屋根にソーラーパネルを貼り付けて、その電力で走行する車へ改造されたのです。それを学生さんにも造るところから体験してもらおうと同じようなバンを用意してくれました。太陽光自動車プロジェクトを、大学へ申請、資金もでき、しかも作業場として大学の車庫を使ってよいという許可も下り、至れり尽くせりの結果、Yさんと学生さん六人のチームが見事、ソーラーカーを仕上げ、Yさんは免許証まで取得して下さり、皆さんで交代で運転して、街の道路を一時間半ほど走ったという実に思い出になる体験をしたのです。

社会との関わりで私が考えた、もう一つの例です。それは大学―社会―学生という構図では、先と同じですが、半年に一回位に、知り合いの会社の方を招き、私の授業の一コマのうち約一時間をその方に、講義をして頂くというプログラムです。学生さんは、いつもと違う授業で少しは緊張しながらも、熱心に聞き入り、後で感想文を提出する手法です。光材料や石油発掘、変わったところで、市民ボランティア団体の方など、ジャンルはこだわりませんでした。学生さんにとっては、社会の一面を見ることができ、良い刺激になり、評判は良かったのでした。こうしたことも人との出会いで、かなり幅広く社会と関わることができたと思っています。今の大学は、なぜか分かりませんが、教養が改組になった頃から、大学の事務部門も組織が少しずつ変化していったように思います。

私が研究していた材料に関して、工業技術基準、つまりＪＩＳを決める委員会の委員長を仰せつかり、３年間勤め、２００２年に三部作のＪＩＳが制定されました。また、この材料の学会誌の初代編集委員長などの経験をしました。温度差で発電する材料開発は、学会・研究会等で進められていますが、なかなか実用化までいかないのが実態のようです。

素子そのものの効率が良くないことが原因のようですが、少し視点を変えて、効率は低くても、少しの電力で済む場所での利用や、他の発電とのコラボなどを実践していくことによって、利用者も増え、改善がなされていき、結果的にコストも安くなるでしょう。

私は昔、手掛けていた材料を、別の目的、たとえば水素を取り出すなど発想を変えて、自宅の小さな部屋で細々と実験しているのです。これも地球人としての第四幕へ繋がるのです。

また、第一幕で記しましたように、原子力に携わっていた関係で、大学での仕事とは直接関係していないけれど、国の専門委員会の委員を務めたこともありました。さらには、当時、新潟県・柏崎刈羽原発、もう、ここは廃炉になりました中部電力の浜岡原発、さらには敦賀の原発（一部は廃炉）、そして島根県の原発二号炉なども安全運転中に視察できる機会もありました。こうした貴重な体験は第一幕、第二幕での関わりが第三幕につながっていった例でしょう。

先の例のように第四幕へ繋がる興味深い例について記します。それは2006年、「大学人」がそろそろ、終わりになる頃です。ちょうど第四幕の主なテーマになる「水」と関連していて、それを確かめるべく、実車を使っての実証実験でした。車のメーカーの技術者二人、この材料の開発会社の技師が大阪から立会に来ました。数名が見守る中、実験を開始しました。この実験は、車の排ガス規制が出る時で、その低減に貢献しようという目的であったのです。比較のための車と、排ガスのための〝活性化治具〟を搭載した車を、それぞれテントの中へ設置し、一時間のアイドリング中、排ガスを計測するのです。排ガス低減の実績が十分に示され、車のメーカーも目の当たりにしたのです。一週間後、車のメーカーは、どういう会社の事情か分かりませんが、この技術は採用されませんでした。最先端の難しさを痛感したのです。車メーカーの色々な思惑が出てくるのであろうと、当時、力を貸してくれた人々と話し合ったことがあります。排ガス低減ということは、ガソリンがよく燃焼し、燃費の改善につながり、引いてはガソリンの消費が減ることにも関係してくるのです。社会事情の難しさを抱えている一例だと思いました。

実は第三幕のちょうど真ん中の58歳の時、京都経済同友会が「京都の都市づくりへの提案」、ミレニアム特別事業で「２０３０年私はこんな京都に住んでいたい」というタイトルで市民懸賞論文を募集していました。京都出身ですが、横浜市民からの一言ということで応募しました。30年後というと、丁度、88歳、先述のように第四幕の終わりです。因みに、その時、私の論文タイトルは「芸術・科学・技術調和の文化都市を目指して」でありました。

ひょっとして、これが次への「出会い」であったのかもしれません。

また、最後までエネルギーと関係していたことで、２００９年が非常勤講師という勤務形態でしたが、その年に湘南地区、三大学の研究会があり、それを企画された他大学の教授が「退職された後、国のプロジェクトに参画してくれませんか」と私に誘いを掛けてくれました。

それは、温度差で発電する材料開発の研究・開発でとにかく、クリーンエネルギーの素材に関するもので、４年間のプロジェクトでした。もちろん、私は喜んでお引き受けし、この年の４月から３年プロジェクトが始まり、国のプロジェクトに参画できました。この教授は私より少し若い方でしたが、タバコとお酒が過ぎてプロジェクト途中で他界され、その後の１年間、私は委員長を拝命したのです。

プライベートな良い話を少し書いてみたく思います。第三幕の終わりころ、２００９年６月に初孫が誕生し、うれしいニュースでした。元気な女の子で、この子も今では小学校の５年生で、水泳教室へも通い、元気に育っていて、私たち老人生活のアクセントになります。車で小一時間の比較的近くに住んでいるので、大型連休などには、横浜へ行くと言っては、遊びにくるのです。私から見ると彼女はおもしろい資質をもっているのです。それは、「爺ちゃん、これ分解してもいい？」と壊れたトランジスターラジオや、古くなったカメラを「分解してもいい？」と私の部屋のしまってある道具箱からドライバーなどを持ち出して、分解し始めるのです。しかも取り外した部品は自分なりに分類して箱に整理して入れる姿を見て、教えたこともないのに、私は見ているだけで楽しくなります。ちょうど私が学生さんに言っていたようなことを小学４年生の頃から、彼女がし始めたのには驚きでした。孫との出会いは、第三幕の大きな出会いの一つだったわけです。それがちゃんと第四幕へとつながっているのです。

その前に、大事な政治の世界へ目を向けてみると、第三幕の終わりの２００９年８月に、紙面のトップ記事をかざったのは、〝政権交代〟でした。自民党は１９５５年の結党以来、初めて第一党の座を失い、民主党が政権を獲得したのです。格差が広がってきていた頃で、その対策として具体的な項目を列挙し、子供手当の支給、高校教育の無償化、農家への戸別所得補償等、くらしを重視するマニフェストを挙げていたのです。私は、日本が欧米とは大きく異なることが、ここにもあるなと思ったことがあります。それは半世紀にも亘って、政権が変わらないことでした。第一幕の真ん中頃の１９５５年に始まった日本経済の高度成長、そして10年近い第二幕の安定成長期、それからバブル経済が5年ほど続き、90年代に崩壊するという流れがありました。そろそろ陰りが出る頃であったかもしれません、時間のずれもあり、学生さんの就職を見ている限りは、まだバブルの余波があり、就職率はよかったのでした。就職率が落ちてきたなという感じは21世紀に入ってからでした。もっとも理系だということもあったでしょう。

世界的に見て、１９９７年12月に第３回気候変動枠組条約締約国会議（ＣＯＰ３）

という長いタイトルの会議が京都で開催され、「京都議定書」という名の元に締結され、特に炭酸ガスの排出基準を具体的に取り決めたのです。この第三幕の終わりの頃、２００９年にコペンハーゲンで、当時の民主党政府は、90年度比25％減という高い目標を世界に示し、交渉したが、具体的な対策は先送りされたのです。この会議で露わになったことは、先進国と途上国の対立、途上国間の確執など、未だにまとまらず、あれから10年です。日本は珍しく世界の先導として、主張続けてきました。国連は当時、「産業革命以降の温度上昇が２度を超えると水不足など深刻な影響が出る」と言っていました。

　こうした環境問題の最中、20世紀の最後の１９９９年9月に日本の原子力における最初の大きな事故が第三幕の中頃に起こったことも忘れてはいけないものです。それは、茨城県の東海村で、原子力発電所ではなく、ウラン加工工場で起こりました。二人の作業員が死亡し、77名近い周辺住民が被曝した、「ＪＣＯ臨界事故」と言われていて、原子力の安全神話が崩れたとマスコミでは取り上げられました。原子炉の中の核反応と同じ、「臨界」ということが一ウラン工場内で起こったのです。作業者がやってはいけないことをしてしまったのが原因でした。原子力の技術で臨界、つまり〝核分裂〟が普段は、起こらないようにするためには、ある一定距離を離すこと、容器には一定の重さ以上入れてはいけない、容器の大きさは決められた容積であることです。作業者は一つ目、二つ目を守らなかったのです。

一方では、世界的に環境問題がクローズアップされていた頃でもあり、原子力推進を押す人たちには、大きなマイナスであったことは確かです。

いよいよ、第四幕への明確な〝声〟は次のエピソードになります。

私の退職記念パーティーを卒業生の有志の皆さんが企画して、大学の近くのホテルで開催してくれたことがありました。百人ほどの卒業生が集まり、懐かしい面々、友達同士も久し振りの再会を楽しんでいた様子が昨日のように思い出されます。

第三幕の「人との出会い」で忘れてはいけないのは、大学人の間の22年間で、毎年入れ替わり入ってくる学生さんであったのだと、気がつきました。それと、もう一つは、最後の記念パーティーの時に、実は第四幕につながる言葉を私が口にしていました。それも今から思うとまったく偶然としか言いようがありません。突然に私の口から出た言葉です。パーティーの最後に私のスピーチの時間が与えられ、そこで挨拶をしました。

「私は退職したら、何人になるのでしょう？　分かりますか？」と会場に参列されていた卒業生と、学科の事務の方々に、尋ねました。それは当然、皆さん分かるはずはありません。私も自分で予め用意していたわけではありませんでした。
多分、当時〝宇宙人〟という言葉が流行っていたからかも知れません。
それは、次の幕に出てくる言葉なのです。

第四幕　地球人

「〝地球人〟になります」と答えたのです。という訳で、第四幕は、「地球人」という呼び名にすることにしました。

それから2年ほどして、忘れることのできない、２０１１年3月11日が来ました。私は東京・大田区のある会社で話をしていました。しかも〝地震〟に触れていました。午後2時46分頃、「東北地方太平洋沖地震」が起こったのです。マグニチュードは9・0。日本観測史上、最大規模といわれ、この地震による被害は「東日本大震災」と呼ばれています。その時に、福島第一原子力発電所事故も併せて発生したのです。私は、第二幕で記載しました米国のスリーマイル島の原発事故から、三度目の原発事故体験をしたのです。実はスリーマイル島の前に、第二幕の終わりの頃、ソヴィエト連邦のウクライナでチェルノブイリ原子力発電所事故が、１９８６年4月26日に起こっていますので、福島は三度目の大きな原発事故になるのです。福島の場合、半分は天災もありますが、最初の原子力発電所ということもあり、コストを抑えるために、地下に発電機を設置したと報道があったときは驚きました。ここが津波で浸水し、発電機が働かなくなり、原子炉の冷却器が作動しなくなったという残念な結末を招いたのです。

第三幕の21世紀になって間もなく、中国の広東省で発生したＳＡＲＳに続いて、第四幕で、またしてもウィルスです。それは中東呼吸器症候群（ＭＥＲＳ）と呼ばれているもので、中東への渡航歴のある人から２０１２年９月にロンドンで初めて発見されたというものです。日本では、その２年後の２０１４年７月16日に政令により指定感染症になりました。

そして、第四幕では、今回のＣＯＶＩＤ-19です。つまり、２０１１年の福島原子力発電所の事故とＭＥＲＳと今回のＣＯＶＩＤ-19による２件の感染症の突発的発生が続いたのです。これは第三幕の日本での原子力に関係する事故とＳＡＲＳ発生とよく似たことが起き、やはり、「地球人」へのメッセージであると深く私は受け止めています。

第四幕の本論へ入る前に、やはりここもエネルギーに関わる課題として重要なプロジェクトが動いていることに関わっています。それはちょうど第四幕が始まって、４

年ほどして、ある研究会でベンチャー企業の社長といっても一人ですべて切り盛りしていて、まったく目が出ていない人に出会ったのです。それはマイクロ水力発電の発電機と水力ポンプを開発し、あちこちに説明しているが、数年経っても誰も取り上げてくれないと言う社長をボランティアで助けているのです。

私は日本のこれからのエネルギー、電力は、「地産地消」、つまり自分で使う電力は自分で創る必要があるという理念でエネルギー問題を考えてきました。特に2011年のあの事故以来です。いわゆる負荷の少ない、〝再生可能エネルギー〟なのです。ベンチャー社長のマイクロ水力発電は貯水した水をポンプで汲み上げ、モーターを回し、発電するものです。この社長の皆さんへの説明が、まるでエネルギー保存則を破るような説明をするために信頼されず、今一つ納得してもらえず、今日に来ているのです。環境破壊も無いし、使用電力に応じて、一家庭や一工場に簡単に取り付けられるものなのです。断水になっても、貯水タンクの水がある限り、ある程度までの電力は生み出せるはずです。水は貴重な我が国の資源です。

その他、ソーラーだけですと、太陽光が無いとダメなので、温度差発電や、燃料電池などコラボさせることによって、地産地消は可能なはずです。バイオマスなども自分のところで出たごみを自分のところで処理することも、これからの開発に応じて可能でしょう。

さて、第四幕の半分の舞台で待ち受けていた、大きな出会いは、「コロナ」という微生物。

地球全体に襲い掛かっているのです。実は第二幕では、どちらかというとエネルギー問題に特化した地球的問題であったのです。しかし、第三幕が始まった中頃の2003年に中国でSARS（重症急性呼吸器症候群）が発生し、流行しましたが、日本ではそれほど広まらなかったので、記憶に鮮明ではないのです。また、第四幕の初め、2012年9月にMERS（中東呼吸器症候群）がイギリス・ロンドンで初めて確認されたと報道されましたが、こちらも日本では、それほど強い印象はありませんでした。ところが今回のCOVID-19、これは前2回とは、その感染力は格段に異なっています。微生物が3度にわたって、襲い掛かってきました。私はさっそくこの「水」で何とかならないか、判る限り、このウィルスを駆逐する理論的な考えを構築するべく、英文で書いて世界に発信することを考えました。残念ながら国内でも、理解されず、口コミで広げている程度です。

地球人として相応しいエピソードは後ほど記述することにしまして、第三幕から逆におっかけて、「地球人」として、大事なテーマを掘り下げていきます。

　まずは今、はやりのＩＴです。90年代初期ですと、まだＩＴの時代ではありませんでしたので、コミュニケーションのことは、それほど気にはしていませんでした。ところが、２００３、４年頃からコミュニケーション力が低下してきていることを感じました。このこととＩＴ化が進んできたこととほぼ合致しそうだと言えます。コミュニケーション力を今こそ、若い人たちは身に付けなければならないと思います。そうしなければ、外国人とお互いに意見交換がますます難しくなります。

　話を戻して、70年代初め、最初のアメリカ滞在の時に高校で講演したことを書きました。実はその時、アメリカでは、高校2年生の時、ディベートと言って、討論をする授業があると聞いて、凄い、さすがだと思ったことがありました。もともと、日本人はそうした表現力は苦手な民族のようですが、これからますます、ＩＴの時代であるからこそ、コミュニケーション力を付けなければならないのです。パソコン、スマートフォンといった器具に頼って、人対人のコミュニケーションができなくなっている感をもちます。それは人に自分の意見がきちんと話せなくなるということです。

　さて、日本人の得意技と言われてきた、もの造りも、色々な製品がプラスチック製で一体化され、製品となっている時代です。合理化の名の元に、創るところが何か省略されて、出来上がったものが与えられている世の中であることを感じるのです。釘無しで、あの五重塔を造ったという、工の技。何事でもそうかも知れませんが、「凝り性」であることも、技術の発展には大切なのだと思います。

ものづくりには、動機のようなもの、考える力、想像力なども要るように思います。少し変わった見方かもしれませんが、宗教をバックにした想像力で、聖武天皇の号令で、あの当時流行った疫病への畏敬の念で奈良の大仏が建造されたことは、日本の誇りだと思います。これは最近の例ですが、たとえば〝国際的に注目されている研究領域への参画数の割合〟という調査が2019年1月に掲載されていました。それによると、米、英、独、中、日で日本が最低の33％。他国はほぼ50％以上の状態に唖然としました。一時、〝科学技術立国〟と言われたことも姿を消しているのが現状であり、新しい開発への投資も意欲も減少してきているのが、この第四幕で現れていることは大変に残念です。それは2019年の19号台風の襲来、またこの年の8月末から9月に掛けて、日本のあちこちで、インフルエンザによる学級閉鎖でした。これだけ早く学級閉鎖が始まったのは過去10シーズンで、最も早いと報道されていました。とにかく、今まで長年続いてきた、縦割り行政を、早急にやめなければ、同じ過ちを何回も繰り返す羽目になると思います。そのためには、非常時にすぐに動ける体制を日ごろから考え、また、技術的には治水対策をどう実施するのか、など手順を考えておく力を付けなければと思います。これはコロナ対策にも、まったく同じことが言えると思います。

その点から見ると、高度安定成長を支えた日本の技術は、やはり現場の力ではなかったのかなと思います。決して難しい、物理や化学を習ったことではないでしょう。感性が必要な場合、そうした学問はかえって邪魔になるかもしれない。それは勉学の仕方、教え方によるのかもしれないと、教育の現場を経験して認識したのでした。

第四幕として、私が追いかけないといけないのは、クリーンエネルギー源、よく言われる再生可能エネルギーの方法、材料を見つけなければならないということです。原子力に18年間携わった人間として、課せられた課題と考えています。その大きな要因は、原子炉でエネルギーを発生する代替として、今の技術で人間が処理できない「放射性廃棄物」が発生することです。その廃棄物は、今のところ原発サイトに保管するか、青森県六ヶ所村の処理施設に保管するか、二つしかありません。2年ほど前に六ヶ所村を見学しました。もう満杯です。

2011年5月6日、20年以上原子力から離れていた私は、その日、誰かから指示された訳でもないのですが、昔取った杵柄、と単独で福島県・浪江町へ、友達に車で連れて行ってもらいました。あちこち荒れ野原の状態で、その空間線量は例えれば、現在のいわき市の約七千倍でした。畑の土壌を採取し、それを「ペットボトル」の中へ入れ、放射能を計測したのです。福島第一原発から約23キロメートルの辺りでした。セシウム134、セシウム137、そしてヨード31の放射性元素を含んだ土壌でした。3時間ほどで放射能はみるみる低下したのです。さすがの私もびっくりしました。一体なぜなのか？　その原因を探ることが第四幕の前半の課題になりました。その「ペットボトル」には、或る仕掛けがしてあるわけですが、それは難しくならない程度に述べていきます。その主人公は、この第四幕の「水」なのです。

では、まず、〝放射能が下がる〟ということについて、簡略して述べたいと思います。その前に放射性物質とはどういうものかを少しでも触れておいた方が良いでしょう。おそらく高校の化学で、〝周期律表〟というものを多くの人々は習ったと思います。あの「スイヘリーベ……」とか覚えたものです。元素の記号と、重さ、そして原子番号という周期律表上の順番を表している数字が記載されています。放射線（アルファ、ベータ、ガンマ線）を出す物質を放射性物質と呼んでいます。

こうした放射性物質の原子は自分自身が不安定なので、放射線を出して（エネルギーを放出して）、長い時間を掛けて安定な元素へ変わっていくのです（この量が半分になる時間を半減期と呼んでいます）。ですから、現在、セシウム１３４は、半減期は約2年ですから、２０１１年から２０１３年で半分になっています。普通はすごいエネルギーを外から与えて、セシウムを壊し（核変換）、安定元素にするのですが、私は自分が開発した水で、そんなエネルギーを使わずに、セシウムの次の元素で安定なバリウム（胃の検査の時に飲む、あれです）に変換したのです。世界へも学術誌で発表していますが、まだ世界が認知したわけではありません。当時、３年間福島へ通って、実証実験を繰り返してきましたので、間違いないと思っています。

では、特殊な「水」について、記述します。次に「ペットボトル」との関係は？そして最後に放射能が下がるのはなぜか、という問題を記載したいと思います。

この「水」は、１０、０００メートルほどの深海の水に相当するものと考えられます。つまり、かなり細かくなっているのだろうと推測しています（だれも水の細かさを観ることはできませんので、特殊な装置でスペクトルを取って解析します）。一方、私たちが日常、利用している水は、ご存じのように、水素原子2個、酸素原子1個で、1分子を形成していますが、普通は5分子ほどくっついていると、教科書には書いてあります。私の水はその１００分の1～１０００分の1ほど、細かいと考えられます。つまり普通の水の1分子よりも細かいと考えています。そういう特殊な粒子

（水素原子ではなく、水素と電子のペアの素粒子状）を含んだものと仮定しているのです。この素粒子状の粒子は、ある運動エネルギーをもっています。これは先述の放射性原子が持っているエネルギーよりも、ずっと小さいですが、先ほどの放射線からのエネルギーをもらって、その運動エネルギーを高め、放射性原子の中へ入っていくことができると推定しているのです。その結果、セシウム１３４に「水」の水素原子と電子が入って、安定なバリウム１３５へと変化します。これがセシウム核の変換です。安定元素、つまり放射能を出さないことに繋がったのです。

では、なぜペットボトルで放射能が下がったか、について述べてみます。

このペットボトルの材料は、普通のアクリル・スチレン樹脂という、我々がよく、利用しているプラスチック容器と同類のものです。結論から言いますと、普通のプラスチック容器に付加価値が付いたものと考えます。その付加価値は「水素原子と電子」の運動エネルギーという〝情報〟です。つまり、私の頭に入っている、「水」の情報が、誰かにお話しすると、その方の頭へ「情報」として入ります。転写という工程になるでしょう。そして、相手の方の頭のどこかに、今お話しした水の情報が記憶として印刷されたと考えるのです。

そして、付加価値のついたペットボトルは、そこに汚染土壌が入っていると、それに情報が転写されます。これが先述のバリウムへ変換する過程です。

　ちょっと、難しい話ですが、ここまで掘り下げないと真相が見えてこないと思っています。最後に、この不思議な「水」との出会いですが、或る方に紹介され、開発者のH氏にお会いしたのが、２００５年でした。「この水をもっと科学的に解明してほしい」と依頼されたのです。その時、この水は〝超伝導〟ではないかと、持ち前の感性で言われたことが大変に印象的で、私も否定することなく、今日に至っています。H氏は科学者でもなく、この水で転写した衣類や先述のペットボトル等で生業を立てておられました。私はその後、２０１４年頃に、H氏の水がヒントになり、もっと多くの水分子が細かくなっている「水」を開発したのです（こちらが１００％細かいとしますと、H氏の水は約60～70％程の水が細かいと考えています）。

　私は人に説明するとき、「これは、地球創成の頃の水です」と、言います。つまり、深海の水と同じではないだろうかと思っています。多分〝当たらずとも遠からず〟でしょう。池の浄化活動もやってきました。行きついたのが、冒頭、記述しました福島の放射能汚染土壌の浄化です。それが18年間、つまり第一幕の大学院生の時と第二幕の企業において、私の専門としてきた放射能のことであり、それが第四幕で出会った、「水」と結びつき、放射能低減という成果になったものと考えています。まさしく、第三幕の時に皆さんの前で、「地球人」と宣言したことが偶然ではないかもしれないと思っています。

しかし、考えてみますと、まだ第四幕の途中、つまり、２００９年から11年経ち、88歳まで、あと10年あるのです。私の「水」に関する発見を何とか、第四幕の後半の10年、つまり今年から、できれば数年で、人の健康と環境浄化（炭酸ガス削減についても）に役に立つと願わずにおられません。

第五幕　天にお任せ

第五幕は、まず、どういう〝〜〜人〟になるのか、まだ現時点では浮かんでいません。第四幕がライフワークとしての「水」であったので、それにまつわる呼び名が出てくると面白いと思います。

しかし、その前に全体を通して、自分は世に何を貢献したであろうか？　個人的には何を学んだだろうか？　世に残さなければならないとすれば、何か？

ひょっとして、いま、第四幕の中間点で手を付けていかなければならないことを考え、第五幕を意識しながら、第四幕の折り返し点を進んでいくことにします。

まず、第一幕「学校人」では、得たものは人間としての基本である、自然と共に生活できたこと、さらに現場ということを意識し、大学院の時に、機械などの内容を理解する姿勢を身に付けることができました。もともと、小学校の夏休みの工作などは苦手な方で、母親に手伝ってもらって仕上げていたように覚えています。下手でもじっくりと時間を掛ければ、それなりにできると体験したのもこの頃でした。やはり、自分が残すというよりも、強調して訴えておきたいことは、〝学校人〟の頃には、「山村留学」を国としてもっと進めることが必要ではないかと思うのです。第三幕の終わりの頃、２００９年９月の新聞には〝山村留学、曲がり角〟と題して、財政困難、高齢化で受け入れが難しいという内容が書いてありました。もともと、全国山村留学協会によって長野県八坂村で、１９７６年に始まったとされる制度でした。２００８年までに３０２校が留学制度を設けたが、制度を中止、休校・廃校になったところが１２７校に及ぶそうです。北海道が全国でも一番多いそうですが、２０００年のピーク時、34校もあったのが、09年では18校になったということ。

今回の降って沸いたようなコロナ問題と違って、我々の意識で、子供たちのことを考えて、実現しようと自治体が、あるいは国が教育施策として、立案すれば可能な課題ではないかと思います。多くの都会の子供たちに自然の中で、私が経験したような現実を体験してほしいという願いと共に少しでも多くの自治体に考えて欲しいと思います。

社会に関わったのが第二幕の原子力という最先端の技術の世界でした。ここでまた、繰り返していてはキリが無いので、先へ進めますが、もう一件記載しておかなければならないことがあります。それは、私が高校生になった頃なので、よく知りませんでした。ましてや自分が原子力に携わるとは夢にも思っていなかった時代です。調べてみると、1957年（10月10日）に英国で、ウィンズケール原子炉で火災事故が発生したのです。この原子炉は発電よりも、核兵器開発の目的の原子炉であったのです。専門的な詳しいことは省きますが、事故は人的なミスとして、温度測定器を最高温度になるところに設置していなかったという初歩的なことも報告されています。

これで、原子力発電所の事故というのは、各幕で起こったことになります。

第二幕「会社人」の頃の日本の技術を振り返ってみますと、当時（1984年頃）の新聞の記事を基にした日記には、〝日本の民間企業―技術開発に自信ない、基礎研究の弱さ目立つ〟という見出しで、最先端を自負している会社は6％、基礎研究部門の不備を挙げた企業が全体49％、研究費が少ないが33％、そして人材不足は48％の企業に及んでいます。これは安定成長期の第二幕でした。私自身が新規の研究開発というよりも、日本で誰も、大々的に扱ったことがないものを工業レベルにするという意味においては、研究が必要でした。原子力産業においては、〝基礎研究〟どころ、では無かったかもしれません。特にバブル景気の頃で、如何に安全に効率よく工程に載せていくかが大きな課題でした。18年間の私の第二幕で事故が無かったことは別の意味での貢献かもしれません。

原子力を離れた第三幕では、自分はいったいどんな貢献をしてきただろうか？

再生可能エネルギー材料の研究・開発をしていた頃のことを記載してみたいと思います。現在の太陽光発電に関してですが、大学の屋上に１００kWの発電システムを設置しました。国の資料では、２０１８年自然エネルギーは、水力７・８％を筆頭に、ソーラー、バイオマスと続き、合計が１７・４％でした。現在では、当時ほどのブーム的な設置はありませんが、この数字は２０１１年の月刊誌Wedgeに当時の菅首相が発言していた、〝２０２０年代のできるだけ早い時期に20％にする〟との声明にひょっとして、近づくかもしれないと期待をしています。今までのようにメガソーラーではなく、各家庭に設置できるようなものが増えていくと良いのではないかと考えています。

研究室を卒業していく若い人たちには、世の中へ出る前の大切なことを伝授してきたつもりです。それぞれの卒業研究の実験においては、もちろんのことですが、たとえば、S・ウルマン氏の、こんな言葉も贈りました。「青春とは、人生のある時期を言うのではなく、心の様相を言う。歳を重ねるだけで人は老いない。理想を失う時に、はじめて老いがはじまる、……中略……歳は70であろうと、16であろうと、その胸中に抱き得るものは何か？　曰く『事に処する剛毅な挑戦、小児のような探求心、人生への歓喜と興味』」ちょっと長くなりましたが、技術に挑戦していくことも一つでしょう。

個人的には、この時期に国の委員会など、いくつか経験して、エネルギー問題に関して、社会に貢献したこともありました。ここでは省略しますが、エネルギー問題は国の施策との絡みもあり、なかなかスムーズにはいきません。

現在は第四幕の途中であるので、頑張る意識が頭のどこかに存在していればひょっこりと無意識に出てくる可能性もあるだろうと、確信しています。

これから自分は何ができるのか？　いつも意識の中にあったのが、〝原子力〟を安全なものにするということです。それが何と第四幕の「水」と関係していたのです。第四幕のメインの話でした。とにかく今、原子炉を稼働し、人間が制御できない放射性廃棄物を捨てる場所も無いことを考えると、早く原子力を安全なものにすることが最大の課題です。第四幕で記述した、放射能低減なども、社会に貢献できるのですが、残念ながらまだ広く認知されていません。

問題は今の自分のように、どこに所属することもなく、年金生活者の一匹オオカミでは、どうすればよいのか、難しい課題です。英語論文を、世界へ発信しているのが現状です。

「地球人」としての「水」の第四幕ですが、先に記述しましたように、第三幕の途中から、研究をし始めていましたが、本職のクリーンエネルギーの研究の傍らですから、二足の草鞋を履いていたことになります。この経緯は書かなかったかもしれませんが、第二幕での経験が買われて、第三幕において、国の専門委員会のメンバーを仰せつかった時に、実際の原子炉を視察する機会がありました。びっくりしたのは、二、三百トンもの水の中に、ウランが入った〝燃料棒〟が何百本と吊り下げられていたことでした。TMI原子炉も福島の原子炉のどちらも水が二つの役割を果たしています。それは炉心で発生した何百度という熱を取り出す冷却材として、また核分裂反応で放出される中性子の速度を下げる減速材の働きをしているのです。

ところが、原子力とは縁が無くなって、10年ほどした時に、2011年3月11日が襲ってきたのです。まさに、「地球人」の時であり、第四幕で記したとおりであります。この自分が見出した「水」で放射能を減らすことができたのです。退職後も一昨年までは、年に一回、世界の学会へ出席し、発表をしてきました。これは貢献にはならないことですが、知己を得て、スウェーデン、オランダ、中国の研究者から「水」のサンプルの要求があり、お送りしたことがあります。そして、福島の最も原発に近くに住んでいた方で、避難していた人の要請で、4月に放射能低減の実証をその方の目の前でする予定でしたが残念ながら、今延期になっています。
それと、第四幕で書きましたCOVID-19対策も実証したいところですが、こればかりは自分で実証実験できないのが残念です。

私の人生で、ありうるのだろうか？　88歳で第四幕が終わりますが、そこから10年で98歳になり、更に10年というと何と108歳。煩悩という仏教の教理の中の一つで、身心を乱し、悩ませ智慧を妨げる心の働き（汚れ）を言うそうで、昔、除夜の鐘を108回衝くのは108の煩悩を滅するためと聞いたことがあります。そして私の場合、身を清めて、天国へ行くということになるのでしょうか。
「地球人」としての今、ぜひ伝えておかなければならないことを、記します。それは、これからも大切なのは何としても「ものづくり技術国」としての日本です。

完

著者プロフィール

杉原 淳（すぎはら すなお）

昭和16年生まれ
昭和45年　大学院・工学研究科修了
昭和45年　原子燃料製造会社に就職
昭和64年　大学の材料工学科（エネルギー関連材料）に転属
平成21年　定年退職
その後、エネルギー関係の国のプロジェクトに参加
水の研究を始めて、今も続ける

十年十色　―ほぼ20年の区切りの中での出会い

2021年11月15日　初版第１刷発行

著　者　杉原 淳
発行者　瓜谷 綱延
発行所　株式会社文芸社
〒160-0022　東京都新宿区新宿1－10－1
電話　03-5369-3060（代表）
03-5369-2299（販売）

印　刷　株式会社文芸社
製本所　株式会社MOTOMURA

ISBN978-4-286-23069-6